세상에 영화가 없다면
어떻게 살아갈 수 있을지 나는 상상조차 안 된다.

노웨어맨(Nowhere Man)과
영화에 경의를 표하며.

인생이라는 이름의 영화관

글·그림 지미 | 옮김 문현선

오늘책

내가 아주 어렸을 때 엄마가 떠났다.
내가 울면서 엄마를 찾을 때마다
아빠는 "가자, 영화 보러 가자."라고 말했다.

"엄마가 영화를 무척 좋아했거든. 언젠가 영화관에서 만날 수 있을지도 몰라."

처음 영화를 봤을 때 얼마나 놀랐는지 잊히지가 않는다.

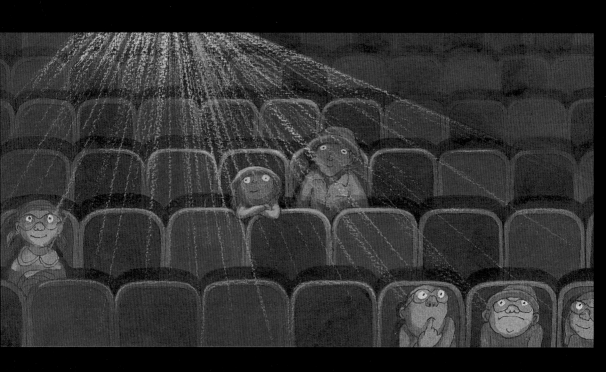

영화 속 세상은 정말 신비로웠다.

때로는 엄마가 보고 싶어서 영화를 보러 갔다.

때로는 영화를 다 보고 난 뒤 엄마가 더 보고 싶었다.

엄마 모습은 갈수록 흐릿해졌지만
엄마가 놓고 간 예쁜 스카프에서는 여전히 맑은 꽃향기가 희미하게 풍겼다.
엄마에 대한 기억처럼 아련하고 옅게…….

나는 살그머니 아빠 방으로 들어가 엄마 냄새를 맡으며 엄마 모습을 상상하곤 했다.
기쁠 때도 있고 슬플 때도 있었지만
미소를 짓든 눈물을 흘리든 마지막에는 영화를 보러 가자고 졸랐다.

영화가 시작되기 전 나는 항상 숨을 깊이 들이마셔
공기 중에 엄마 향기가 떠다니지 않는지 가만히 냄새를 맡아 보았다.

하루는 영화가 거의 끝났을 때 아빠가 갑자기 눈물을 터뜨렸다.
사람들이 모두 나간 뒤에도 아빠는 눈물을 그치지 못했다.
아빠의 그런 모습은 처음 보았다.
한참 뒤에야 아빠는 눈물을 닦고 나서 겸연쩍게 말했다.
"괜찮아, 아무것도 아니야. 영화 결말이 너무 감동적이어서 그래."

나는 아빠와 영화를 보는 게 좋았다.

사람들이 빠져나간 영화관에서 아빠와 조금 더 앉아 있는 게 좋았다.

영화를 본 뒤 아빠의 손을 잡고 천천히 걸어서 집으로 돌아가는 게 좋았다.

잠들기 전 영화 속 멋진 장면을 머릿속으로 반복해서 떠올리다가
가물가물 꿈속으로 빠지는 것도 좋았다.

나는 아빠도 엄마를 그리워하지만
입 밖으로 표현하지
않을 뿐이라는 것을 알았다.

열네 살 때, 한 남자아이를 보았다.

한적한 영화관에 우리 두 사람뿐이라 영화가 우리의 만남을 위해 상영되는 것 같았다.

영화가 끝난 뒤 한동안 앉아 있는 걸 그 아이도 좋아했다.
우리는 걸으면서 이야기를 나누었다. 공원을 지나고도 아주 오랫동안 걸었다.

그는 그가 봤던 수많은 영화에 대해 들려주었고,
나는 내가 봤던 더 많은 영화에 대해 들려주었다.

아! 영화 속 삶은 얼마나 아름다운지…….

우리는 늘 함께 공부했다.
공부하고 공부하다가 마지막에는 영화관에 갔다.

우리는 늘 사방으로
돌아다녔다.
돌아다니고
돌아다니다가
마지막에는
영화관에 갔다.

공포 영화 속에서는 바들바들 떨며 비명을 질렀다.

전쟁 영화 속에서는 용맹하게 적을 무찔렀다.

공상 과학 영화 속에서는
우주를 느긋하게 떠다녔다.

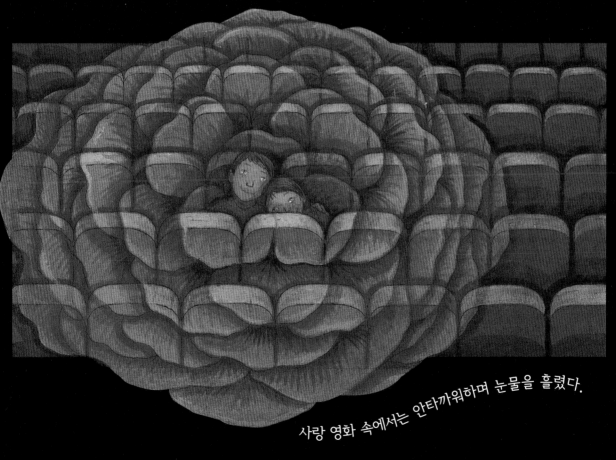

사랑 영화 속에서는 안타까워하며 눈물을 흘렸다.

차가운 어느 봄날의 아침, 그가 슬픔에 젖어
여름이 지나면 온 가족이 스페인으로 이민을 간다고 말했다.

그는 벽에 붙여 놓았던 포스터를 한 장도 가져가지 않았다.

전부 가슴속 깊이 담아 두었다고 말했다.

비행기를 타기 전에 우리는 특별히 조조 영화를 보러 갔다.
황당한 코미디였지만 우리는 객석을 가득 메운 웃음소리 속에서 조용히 눈물을 흘렸다.

우리는 언젠가
꼭 영화관에서 다시 만나자고 약속했다.

그가 떠난 뒤 내 마음은 바람에 날리는 낙엽처럼
무게를 잃고 힘없이 흩날렸다.

나는 혼자 영화를 보았다.

혼자 객석에 멍하니 앉아 있었다.

혼자 걸어서 집으로 돌아갔다.

잠들기 전에는 영화 속 아름다운 장면을 반복해 떠올리고
멋진 대사를 비밀 일기장에 또박또박 적었다.

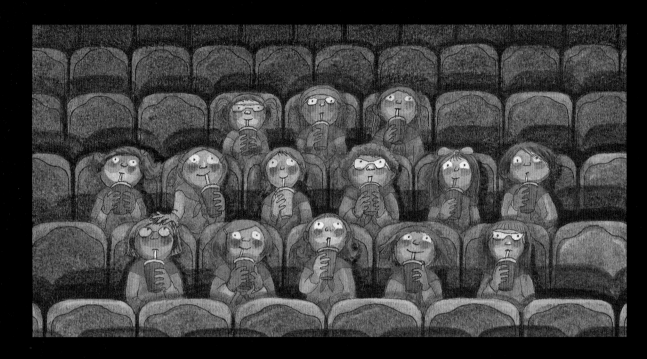

친구들과 우르르 몰려가 영화를 볼 때도 있었다.

그 즐거운 시간이 그립다.

친한 친구 서너 명과 영화를 볼 때도 있었다.

그 아름다운 기억은 따스하다.

하지만 왜인지는 몰라도 결국에는 늘 혼자 영화를 보러 갔다.

열여섯 번째 생일날, 나는 작은 케이크를 가지고 영화관에 들어갔다.
몰래 촛불을 켜고 작은 소리로 생일 축하 노래를 불렀다.

별로 맛없는 케이크를 어둠 속에서 야금야금 먹었다.
갑자기 엄마가 너무 보고 싶었다.

엄마, 제 생일 기억하세요? 아직도 영화를 좋아하세요?

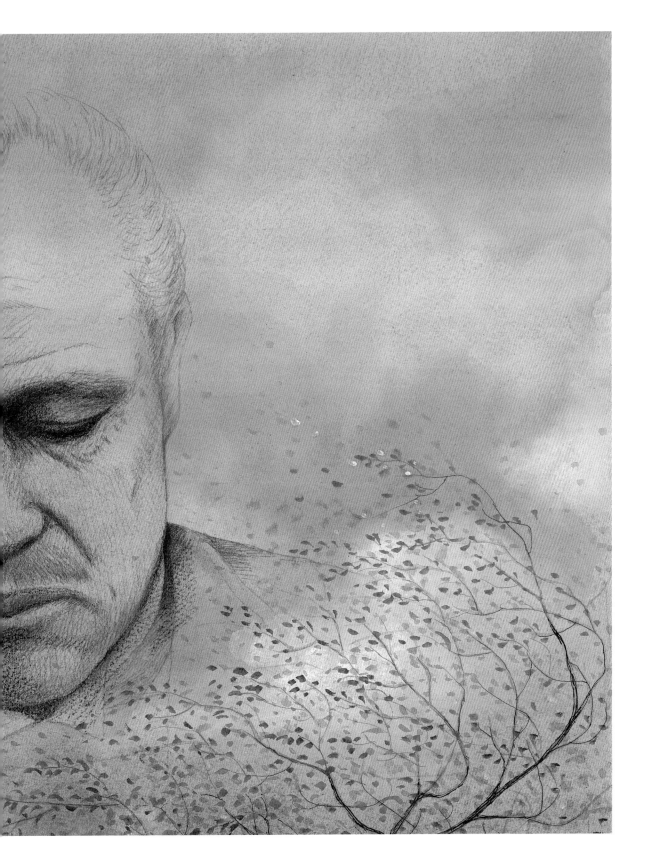

엄마는 어떤 영화를 제일 좋아해요? 배우는요?
엄마, 잘 지내세요?

엄마가 계속 제 옆에 계셨으면 저도 짜증을 많이 냈을지 몰라요.
지금 이런 것도 괜찮아요.
성적이 나빠도 엄마한테 혼날까 봐 걱정할 필요가 없으니까요.

저는 착하게도 뭐든 혼자서 잘하고 아빠도 잘 챙겨 드려요.
아빠한테 팔짱 끼고 떠드는 것도 좋지만,
어떤 고민은 엄마한테만 말하고 싶어요.

엄마, 엄마는 용감하게 꿈을 좇는 사람인가요?

꿈을 이루셨나요?

엄마, 저는 무서워요.
어느 날 엄마가 제 앞에 앉아 있는데도
못 알아보면 어떡해요?

나는 몇 차례 연애했고, 데이트 장소는 언제나 영화관이었다.

누군가를 진심으로 사랑하는 게 얼마나 어려운 일인지 알았다.

몇몇 사람은 얼굴조차 흐릿하게 지워졌지만
그들과 함께 봤던 영화는 가슴속에 깊이 박혔다.

썰렁한 푸드 코트에서 옛날 영화를 처음부터 끝까지 나와 함께 봐 줄 사람이 있을까?

대학을 졸업한 뒤 직장 생활을 시작했다.

견딜 수 없이 피곤할 때마다 나는 영화관에 가서
조용하고 아득한 세계로 숨어들었다.

어느 해 여름, 교통사고를 당해 꼬박 3주 동안 침대에 누워 있었다.
걸을 수 있게 되자마자 나는 곧장 영화관으로 갔다.

태풍이 지나간 뒤 물살을 헤치며 영화관에 간 적도 있었다.
흠뻑 젖은 치마가 차가웠지만 가슴은 따습고 푸근했다.

늘 가던 영화관이 영업을 중지하던 날
나는 일부러 휴가를 내 마지막 영화를 보았다.

독감이 기승을 부리자 사람들은 공공장소에 가지 않았다.
영화관에는 나 혼자뿐이었다.

나는 다른 사람의 이야기 속에서 다른 인생을 경험하며
부러워하기도 하고 탄식하기도 했다.

다행히 나는 늘 영화에서 답을 찾아 다시 일어날 수 있었다.

빛을 따라 앞으로 나아갔더니 어둠이 더는 그렇게 두렵지 않았다.

스물아홉 살의 크리스마스이브, 나는 영화관에서 그를 만났다.

영화가 끝난 뒤에야 함박눈이 내리고 있는 걸 알았다.
다른 사람들은 걱정스러운 표정을 지었지만 우리는 마음이 날아갈 듯 들떴다.

그는 그가 만들고 싶은 수많은 영화에 대해 들려주었고,
나는 내가 보고 싶은 수많은 영화에 대해 들려주었다.

아! 영화 속 삶은 얼마나 아름다운지······.

이듬해 밸런타인데이에 그는 영화관에서 내게 청혼했다.

투명한 반지가 어둠 속에서 살며시 빛나고 나는 행복의 구름을 밟고 있는 듯했다.

영화 속에서 신부님이 여주인공에게 남주인공과 결혼하고 싶으냐고 물었을 때
나는 그와 함께 "네!"라고 대답했다.

결혼한 뒤 우리는 작은 아파트에서 두 사람만의 생활을 시작했다.
페인트를 칠하던 그가 천장에 귀여운 구름을 장난스럽게 그렸던 게 아직도 기억난다.
그는 그 구름이 언제까지나 거기 있을 거라고 말했다.

오랫동안 기다려 온 영화의 상영을 앞둔 것처럼
우리는 어느 때보다 행복한 마음으로 우리의 미래를 맞이했다.

우리는 늘 함께 영화를 보았다.

영화가 끝나면 그는 영화를 좋아하는 친구들과 작은 술집에 모여
영화에 대한 꿈을 마음껏 이야기했다.

술집이 문을 닫으면 알딸딸하게 취한 우리는
영화 이야기를 하면서 천천히 걸어 집으로 돌아갔다.

잠자리에 누워서도 영화 속 재미있었던 부분에 대해 도란도란 이야기를 나누었다.
심지어 잠꼬대조차 영화 속 대사 같았다.

그때 나는 행복의 배가 멀리에서 천천히 가라앉고 있다는 걸 전혀 몰랐다.

나는 낮에는 출근하고 밤에는 글을 썼다.
그는 우리의 예금 전부를 자기 영화에 집어넣었다.

그는 밤낮없이 일하기 시작했다.
몇 차례 해외 촬영을 나갔을 때는 몇 달씩 못 만나기도 했다.

자기 영화에 완전히 몰입한 그는 한껏 흥분할 때도 있고 완전히 무너져 내릴 때도 있었다.
그는 점점 내가 볼 수만 있을 뿐 참여할 수 없는 영화로 변해갔다.

조금씩, 그는 영화와 관련된 이야기를
내게 들려주지 않았고
조금씩, 우리는 영화의 꿈을 함께 꾸지 않게 되었다.

그의 영화가 상영되었다.

그는 자기 영화를 진정으로 이해하는 사람이 세상에 없다고 분노와 원망을 쏟아 냈다.

나는 대체 무슨 일이 일어났는지 정확히 알 수 없었다.
그는 자기 영화 안에서 거센 파도와 싸웠지만,
나는 스크린 앞에서 두려움에 떠는 관중밖에 될 수 없었다.

그의 세상은 슬픔의 초원에서 그대로 정지한 채
쉬지 않고 불어오는 차가운 바람을 맞고 있었다.

나는 칠흑처럼 까만 바다 위를 떠다니며

빛에서 점점 멀어져 어둠에 잠기고 있었다.

한동안 그가 병을 앓아 우리는 부둥켜안고 통곡하기도 했다.
스스로 어둠의 세계에 갇힌 그를 나는 어떻게도 도울 수 없었다.

그제야 나는 우리가 내내 허상의 세계에 빠져 있었으며
진짜 인생을 마주할 용기가 없었음을 깨달았다.

나는 어떻게든 현재의 상태에서 벗어나 아름다운 비밀의 화원을 찾으려 했다.

하지만 뜻밖에도 그는 영화관 입구에서 이별을 고한 뒤 모습을 감췄다.

엄마가 떠났던 그 밤이
자꾸만 떠올랐다.

엄마는 내 뺨에 입을 맞추며 잘 있으라고 말했다.
나는 엄마의 슬프면서도 단호한 눈빛과
점점 멀어져 가는 뒷모습이 생각났다.

그가 떠날 때와 똑같은……

나는 영화관 입구를 지켰다.

나는 영화관 출구를 지켰다.

그해 겨울은 영원히 끝날 것 같지 않았다.

그 구름은 아득한 하늘가로 소리 없이 날아갔다.

그가 떠난 뒤에야 나는 더 이상 혼자 영화관에 가지 않을 것임을 알았다.

어느 여름날 황혼이 내릴 무렵
신나는 영화관에서 아이들 한 무리가 허둥지둥 나를 감싸며 밖으로 나갔다.

한밤중에 태어난 딸에게 나는 신신이라는 이름을 지어 주었다.
신신의 아빠가 우리 곁에 있으면 좋겠다고 얼마나 바랐는지 모른다.

신신은 새로운 희망과 함께 새로운 걱정거리를 안겨 주었다.
아이는 힘을 주는 동시에 나를 녹초로 만들었다.

어느 정도 자라자 신신은 아빠를 찾아오라고 떼를 쓰곤 했다.
나는 어떻게 대답해야 할지 정말 알 수가 없었다.

신신이 울면서 아빠를 찾을 때마다 나는 아이를 데리고 영화를 보러 갔다.

나는 신신에게 말했다.

"아빠는 영화를 무척 좋아하니까 언젠가 영화관에서 아빠를 만날 수 있을지도 몰라."

비 내리는 어느 밤, 택시 라디오에서 예전에 즐겨 듣던 영화 음악이 흘러나왔을 때

엄청난 슬픔이 순식간에 밀려들어 나는 눈물을 참을 수가 없었다.

신신에게 아빠와 외할머니 이야기를 들려주자 신신은 알 듯 말 듯 한 표정을 지었다.
어쨌든 신신도 외할머니 냄새를 좋아하며 외할머니를 찾도록 도와주겠다고 말했다.

나와 신신은 늘 영화를 보러 갔다. 영화가 시작되기 전 우리는 항상 숨을 깊게 들이마셨다.

그런 다음 신신은 외할머니가 오늘 영화를 보러 왔는지 아닌지 알려 주었다.

어느 주말 오후, 나는 신신과 기분 좋아지는 영화를 보았다.

상영이 끝난 뒤 신신이 멀리 구석에 앉아 있는 남자를 보았다.

그는 이십 년 전에 함께 걸었던 공원 오솔길을 천천히 걸어 우리를 집까지 데려다주었다.

아무것도 변하지 않은 것처럼······.

그는 그가 봤던 수많은 영화에 대해 들려주었고,
나는 내가 봤던 더 많은 영화에 대해 들려주었다.

그날 밤 내 머릿속에서는 영화 속 멋진 장면이 반복되지 않았다.
꿈속에서 나는 천진난만했던 어린 시절로 되돌아갔다.

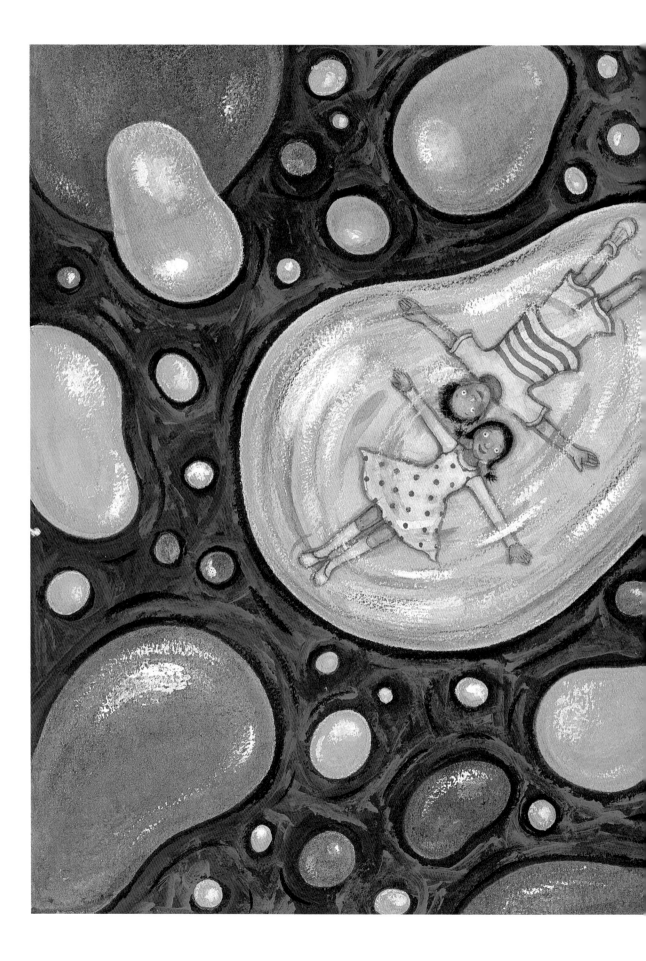

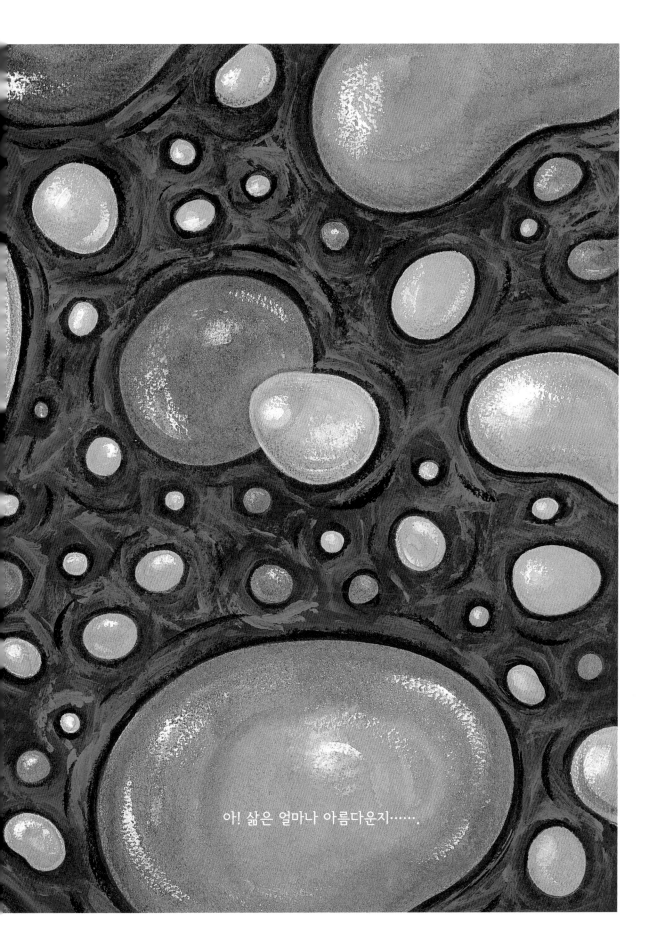

아! 삶은 얼마나 아름다운지…….

세월이 가면서 아빠는 등도 굽고 눈도 흐릿해졌다.
아빠 기분이 안 좋을 때마다 나는 "나가요, 영화 보러 가요."라고 말했다.

문을 나설 때마다 아빠는 지팡이로 바닥을 치면서 장난스럽게 말했다.
"네 엄마가 영화를 무척 좋아했지. 오늘 영화관에서 엄마를 만날 수 있을지도 몰라."

나는 늘 아빠와 영화를 보러 갔다.
아빠의 손을 잡고 천천히 영화관에 가는 게 참 좋았다.

그날은 기분이 뒤숭숭했다.
영화가 시작되기 전 나는 깊이, 아주 깊이 숨을 들이마셨다.

아! 정말 믿을 수 없게도 나는 엄마의 냄새를 맡았다.

평생 잊을 수 없었던
익숙한 냄새였다.

나는 떨리는 목소리로 아빠 귀에 대고 말했다.
"엄마가 왔어요!"

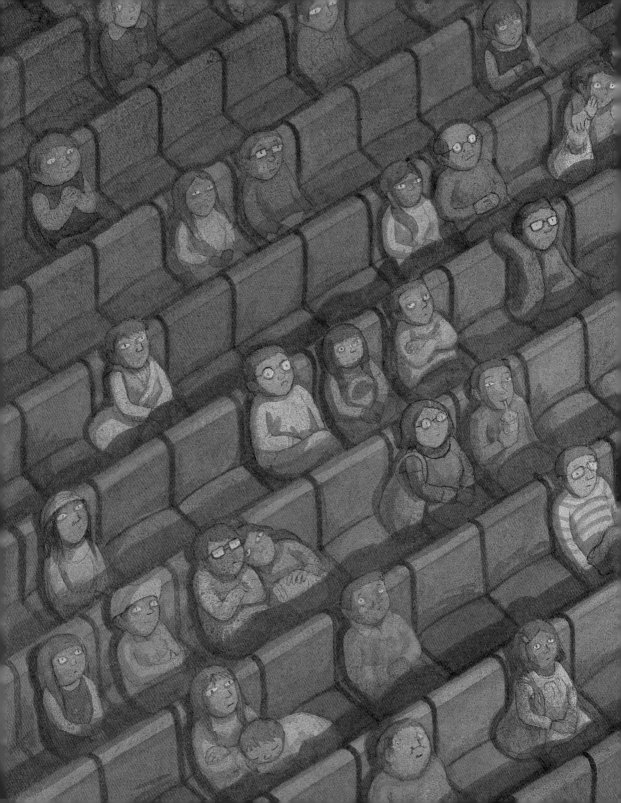

엄마,
꼭 직접 말하고 싶었어요.
엄마를 원망하지도 않고 탓하지도 않아요.
그냥 엄마가 무척 보고 싶었어요.

마침내 나는 익숙한 향기를 찾아냈다.
조심스럽게 옆자리에 앉았을 때 내 심장이 빠르게 요동쳤다.

영화에 집중한 엄마 모습을 보자 나는 말할 수 없이 행복해졌다.

몰래 엄마 옷자락을 만져 보았다. 눈앞이 흐릿해져 아무것도 보이지 않았다.

아주아주 어렸을 때부터 수천수만 번은 연습했기 때문에 무척 익숙했다.

나는 얼굴을 감싼 채 오래도록 울기만 했다.
영화가 끝났을 때 부드러운 목소리가 들려왔다.
"아가씨, 괜찮아요?"

나는 눈물을 닦은 뒤 미소를 지으며 대답했다.
"괜찮아요. 영화 결말이 너무 아름다워서요!"

나는 영화를 좋아한다.
인생의 슬픈 눈물을 전부 영화관에서 흘려 버릴 수 있다면 얼마나 좋을까.
2005년 봄,
나는 책으로 내가 사랑하는 영화에 경의를 표하겠다고 마음먹었다.
삶에서 갈 곳을 잃었을 때
잠시나마 숨을 곳과 무한한 힘을 준 것에
특히 감사한다.

글·그림 지미

1998년부터 그림책을 그리기 시작했다.
어른을 위한 그림책 열풍을 일으키면서 국내외에서 선풍적 인기를 끌어
그의 작품은 이미 미국, 프랑스, 스페인, 이탈리아, 그리스, 한국, 일본, 태국 등에서
번역 출판되었다. 지금까지 40여 종이 넘는 책이 출판되었으며
『별이 빛나는 밤』을 비롯한 상당수 작품이 뮤지컬, 드라마, 영화로 만들어졌다.
『미소 짓는 물고기』를 각색한 애니메이션은 2006년 베를린영화제 심사위원 특별상을 받았고,
『별이 빛나는 밤』을 각색한 영화는 2011년 부산국제영화제 경쟁부문에 진출하면서
2011년 말 가장 기대되는 영화로 꼽혔다.
지미는 2003년 스튜디오보이스지의 '아시아에서 가장 창의적인 인물 55인'에 선정되었고,
2007년에는 디스커버리 채널의 '대만 인물지' 6대 인재로 선정되었다.

옮김 문현선

이화여대 중어중문학과와 같은 대학 통역번역대학원 한중과를 졸업했다.
현재 이화여대 통역번역대학원에서 강의하며 프리랜서 번역가로 중국어권 도서를 기획 및 번역하고 있다.
옮긴 책으로『마술 피리』,『제7일』,『아버지의 뒷모습』,『아Q정전』,『봄바람을 기다리며』,
『작렬지』,『문학의 선율, 음악의 서술』,『평원』,『사서』 등이 있다.

『인생이라는 이름의 영화관』을 함께 완성해 준
여러 영화와 제작자들께 감사 드린다.

《400번의 구타》
감독: 프랑수아 트뤼포

《내 어머니의 모든 것》《그녀에게》
《브로큰 임브레이스》
감독: 페드로 알모도바르

《해탄적일천》《타이페이 스토리》
《고령가 소년 살인사건》《독립시대》《마작》
감독: 에드워드 양

《세 가지 색: 레드》《세 가지 색: 블루》
감독: 크쥐시토프 키에슬로프스키

《연연풍진》《동년왕사》《쓰리 타임즈》
감독: 허우샤오셴

《중경삼림》《2046》《화양연화》
감독: 왕자웨이

《애정만세》《얼굴》
감독: 차이밍량

《쿵후 선생》《결혼 피로연》
감독: 리안

《지난 해 마리앙바드에서》
감독: 알랭 레네

《원더풀 라이프》
감독: 고레에다 히로카즈

《울부짖는 초원》《영원과 하루》
감독: 테오 앙겔로풀로스

《사랑이 찾아올 때》
감독: 장초치

인생이라는 이름의 영화관

펴낸날 초판 1쇄 2021년 12월 20일 | **초판 4쇄 2024년 4월 10일** | 글·그림 지미 리아오 | **옮김** 문현선
펴낸이 서명지 | **개발책임** 조재은 | **기획·편집** 홍연숙, 한재준 | **디자인** 김나정, 천지연
마케팅책임 이경준 | **제작책임** 이현애
펴낸곳 ㈜키즈스콜레 | **출판신고** 제2022-000036호 | **주소** 서울특별시 서초구 방배천로 91 9층
주문 전화 02)829-1825 | **주문 팩스** 070)4170-4318 | **내용 문의** 070)8209-6140

THE RAINBOW OF TIME

ISBN 979-11-6825-221-9
• 잘못 만들어진 책은 구입한 곳에서 바꾸어 드립니다.